ZELINGA

ZELINGA,

HISTOIRE CHINOISE.

Ridendo dicere verum
Quid vetat. . . . .

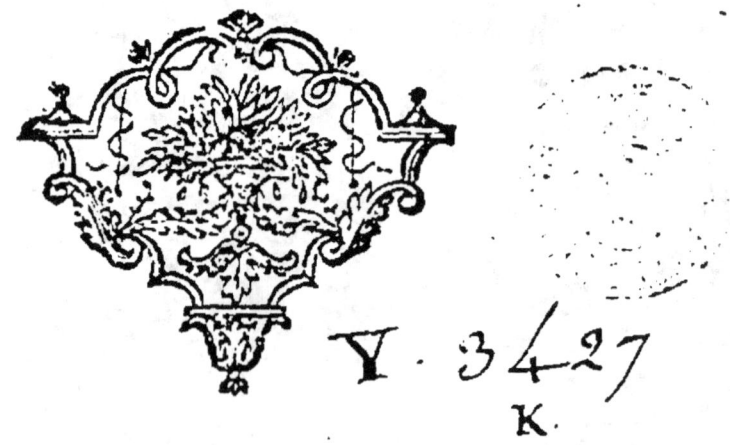

A MARSEILLE.

M. DCC. XLIX.

PREFACE.

J'Etois à Pekin, j'écri-vis cette Histoire, je la fais imprimer en France, j'ai cru qu'on recevroit avec plaisir, une Histoire Chinoise.

On y verra bien des particularités, qui pour-ront étonner un Français;

mais cela ne l'étonneroit point, s'il avoit fait un voyage à la Chine.

Tout est véritable dans mes Observations, je ne crains point les préjugés qu'on peut avoir contre les Voyageurs ; le Public jugera du mérite, ou des défauts de mon Ouvrage. C'est tout ce qu'on devroit dire dans une Preface.

ZÉLINGA,

HISTOIRE CHINOISE.

CHAPITRE PREMIER.

Le Prologue.

GÉONIS KAMKA étoit un Prince adoré de son Peuple, il le méritoit par ses vertus. On ne lui donna pas les titres pompeux de Vainqueur, de Conquérant , de Triomphateur ; le titre de Pére des Chinois , titre moins ébloüiſſant , mais plus ſublime , faiſoit aſſez ſon éloge.

Il avoit vaincu ſes Ennemis pour aſſurer le repos de ſes Sujets , ſans vouloir étendre ſes Conquêtes. Il préféroit le nom de Pacificateur, à celui de Vainqueur du Monde. Il protégeoit ſes propres ennemis , lorſque ſa valeur les avoit ſoumis à ſa puiſſance.

Il ſavoit que le régne de ſon Prédéceſſeur étoit immortaliſé par les grands

Hommes qu'il avoit pro-
duit, il comprit que les beaux
Arts étoient une époque certaine de la grandeur d'un
Empire, il les fit fleurir dans
ses États.

Les insectes de la Littérature, assuroient que son Régne ne ressembleroit jamais
à celui de Zouloukitonima,
que les Génies étoient dispa-
rus, & que tout annonçoit à
Pékin, la décadence des Let-
tres. Ils s'efforçoient de prouver ces paradoxes par leurs
ouvrages, & surtout, par la
critique de tous les Auteurs
qui pouvoient les démentir.

Ils parloient , ils écrivoient , ils décidoient ; mais on penfoit encore que leurs jugemens n'étoient pas infaillibles. Cependant ils avoient furpris une partie du *gros* Public, on n'ofoit pas combattre directement leurs opinions , ils faifoient la multitude.

On voyoit des Auteurs célébres qui pour s'affurer leur fuffrage , difoient avec eux que le fiécle étoit baiffé (*a*). Les femmes rendoient cette opinion plus formida-

(*a*) *M. de V. . . . dans fon Epitre à Madame la Ducheffe du Maine :*

Louis s'éléve , & le Siécle eft baiffé.

ble , elles ne vouloient plus
que des Brochures , il falloit
être impertinent pour plaire,
on divinifoit la bagatelle , &
le ridicule s'appelloit bel efprit.

Il y avoit alors à Pékin ,
trois Spectacles entretenus
par Géonis Kamka. Il y en
avoit un confacré à l'Harmonie ; on pouvoit regarder
l'autre comme la fource des
beaux fentimens , on y repré-
fentoit les actions des Héros,
on y élevoit des trophées à la
vertu , on y tournoit les paffions en ridicule , on s'appli-
quoit à corriger les défauts

par une morale inftructive,
& réjoüiffante.

Le troifiéme Spectacle
avoit été formé pour diver-
tir les Chinois ; mais fouvent il les ennuyoit , on
rioit ; mais on s'endormoit.
La bouffonerie faifoit l'objet
principal des Repréfenta-
tions.

La multitude les approu-
voit ; on ne doit pas en être
furpris , on fçait ce que c'eft
que la multitude. On négli-
geoit le fecond Spectacle ,
tout le monde convenoit de
fa fupériorité ; mais il y a
peu de perfonnes capables

de s'amuſer d'un Spectacle inſtructif : c'eſt ce qui faiſoit parler contre le goût du ſiécle.

On vit paraître dans une année, cinquante deux mille Romans. Pékin en étoit inondé. On ne les liſoit jamais deux fois ; mais enfin c'étoit le goût général, on aime la nouveauté, tout paſſoit pour amuſant. Les contes des Fées paſſérent du Berceau, ſur les Toilettes : c'étoient les Ouvrages à la mode.

Il y avoit des Auteurs qui n'étoient connus qu'à la

faveur de ces bagatelles : il faut avouer qu'il y avoit du génie dans quinze ou seize de ces Romans ; mais seize contre cinquante - deux mille !

Les femmes prononçoient directement sur les Ouvrages ; il est vrai qu'elles brodoient au Spectacle ; mais leurs décisions n'en étoient pas moins infaillibles.

La modestie n'étoit plus un ornement dans la Littérature, tout étoit permis dans une nouveauté ; cela n'étoit-il pas juste ? un Roman modeste !

La

La prude qui lifoit en public, les maximes de Confucius, lifoit dans la folitude, les chroniques fcandaleufes qui fe débitoient fous le manteau. Les plaifirs font-ils défendus? C'étoit l'opinion générale, on n'en faifoit pas un miftére.

On décidoit dans la bonne compagnie ; c'étoit le Grand Tribunal ; mais la mauvaife prétendoit être la bonne, chacune avoit fes partifans, il n'étoit pas facile de les diftinguer, on s'y trompoit, cela n'eft pas étonnant, chaque Société

B

prononce en sa faveur.

On inventoit de nouveaux termes. *Perciflage* caractérisoit la bagatelle. *Propos de Caillette* désignoit une fadaise. Un honnête homme s'appelloit *homme essentiel.* Un Auteur médiocre *excédoit*, il étoit *assommant.* Un petit Maître étoit d'un *ridicule affreux.* La Province adoptoit ces nouveaux termes, lorsqu'on les oublioit à Pékin. On les regardoit comme les Enfans du génie, on appelloit ridicules ceux qui ne les employoient pas dans leurs Ouvrages.

Un Auteur connu par un Poëme Epique, & par des Tragédies, fe croyoit obligé de facrifier un Roman (*a*) à la multitude, c'étoit la derniére preuve du mérite, & le fceau de fa réputation, il falloit être univerfel.

On avoit vû fous le régne de Zoulou Kitonima, des femmes refpectables par leurs talens, s'immortalifer par leurs Ouvrages ; on en voyoit encore fous celui de Géoniskamka ; mais dans une certaine année, on voyoit les hommes & les

(*a*) Zadigue, *Roman de M. de V...*

femmes les plus refpectables .
de fon Empire , s'occuper
avec des Figures de carton.
On les plaçoit avec diftinc-
tion , dans les appartemens
les plus magnifiques : on en
voyoit entre les mains des
Bonzes , des Docteurs & des
Mandarins. Les Enfans re-
clamoient les Pagodes qu'on
leur avoit ufurpées ; mais
l'amufement de l'enfance ,
étoit devenu l'occupation
des principaux Citoyens.
L'inventeur de ces Pagodes
s'enrichit , il obtint une dignité refpectable , à la faveur
de fon opulence : on vend

tout à la Chine.

La critique s'appuyoit fur ces événemens, pour prouver la décadence du génie ; mais s'il y avoit des Auteurs médiocres à Pékin , on en voyoit encore qui méritoient des Statues : s'il y avoit des femmes ridicules , on en trouvoit encore de refpectables : l'hiftoire de Zélinga peut prouver ces paradoxes.

CHAPITRE II.

L'Opéra.

LA Famille de Zélinga étoit illuftre. Les dignités, l'opulence, & furtout les vertus, la faifoient refpecter.

Le pere de Zélinga mourut en défendant fa patrie, la valeur étoit héréditaire dans fa maifon. L'Empereur de la Chine l'avoit honoré de plufieurs éloges ; il combattoit pour l'Etat, fans afpirer aux récompen-

fes ; la gloire étoit fon objet. Adoré des Soldats, ref-
pecté par fes Rivaux , il n'a-
voit pour ennemis, que ceux
qu'il obfcurcifloit, par fon
expérience, & par fon courage.

Zélinga étoit au berceau
lorfqu'il mourut. Sa mere
auffi refpectable que ver-
tueufe , s'appliqua unique-
ment , à veiller à l'éducation de fa fille , elle voyoit
avec plaifir que Zélinga répondoit à fes foins, la vertu fixoit toutes fes occupa-
tions.

Ce n'étoit point cette

vertu fauvage, qui ne s'exprime que par l'aigreur, &
par la cenfure. Elle évitoit
les défauts ; mais elle n'a-
voit point appris à perfécu-
ter. Elle favoit que l'humanité eft incompatible avec
la perfection. Elle s'appli-
quoit à veiller fur fa condui-
te, fans condamner celle
des autres : il n'y a qu'un
cœur vertueux qui fache pra-
tiquer ces maximes. L'hipo-
crifie perfécute, la vertu
pardonne. Ce n'étoit point
cette vertu mifantrope, qui
défend tous les plaifirs, qui
s'immole aux préjugés, qui

ne s'occupe jamais à les combattre : elle favoit que les
plaifirs les plus innocens, pa-
raiffent criminels, dès qu'ils
font envifagés par l'impof-
ture.

Les plus belles actions ne
font pas toujours eftimées,
on voit des perfonnes qui ne
s'occupent qu'à les flétrir
dans l'efprit du Public.

On fait de faux juge-
mens, on en tire des con-
féquences, on fe fait un devoir de les regarder comme
infaillibles, on eft injufte
quand on décide fur de pa-
reilles opinions. Un zélé in-

difcret condamne un vertu,
il croit condamner un crime ; c'eſt un égarement
qu'on doit plaindre.

Un impoſteur noircit l'in-
nocence par un principe de
méchanceté , il connoît la
vérité ; il cherche à l'obſ-
curcir ; c'eſt un furieux qu'on
doit combattre.

Zélinga étoit perſuadée
de ces principes , elle les
avoit appris dans un Auteur
comique : c'étoit l'uſage à
la Chine d'employer des
méditations , & des maxi-
mes dans une Comédie.

La réputation de Zélin-

ga s'étendit bientôt , jufqu'aux extrémités de l'Empire. Sa beauté, fon efprit,
fes vertus exigeoient des
hommages , elle eut bien-
tôt des adorateurs. On voit
des femmes qui font belles
fans être aimables , on les
néglige, on ne doit pas en
être furpris; le caractère a-
joûte encore à la beauté.

Zélinga voyoit avec in-
différence , les Amans qui
l'environnoient. Elle les regardoit fans amour propre:
l'orgueil n'eft jamais à côté
du mérite.

Elle pénétroit les fentimens de ſes adorateurs : l'un ſacrifioit à ſa naiſſance, l'autre à ſa beauté, pluſieurs à ſes richeſſes ; ſon diſcernement l'éclairoit ſur leurs intentions, elle auroit voulu qu'on rendît hommage à ſes vertus.

Elle ſavoit qu'on peut aimer ſans crime, elle avoit du penchant pour la tendreſſe, un Amant vertueux auroit pû la déterminer.

Il ÿ a toûjours des momens pour les cœurs ſenſibles, celui de Zélinga l'étoit aſſez ; il étoit décidé qu'elle aimeroit.

On

On afficha à Pékin , un Opera nouveau. On publioit que les paroles étoient ridicules ; mais que la Musique étoit admirable. L'Auteur s'appelloit *Huczaca* , il s'étoit fait connoître par des Ouvrages qu'on trouvoit ennuyeux ; mais cela ne l'empêchoit pas de passer pour un bel esprit du premier étage.

Le Musicien *Ravéma* s'étoit distingué à la Chine, il avoit porté l'harmonie jusqu'à la perfection, on pensoit qu'il avoit surpassé le fameux *Lyllu* son prédécesseur.

C

La réputation du Muſi-
cien engagea Zélinga, elle
ſe fit conduire au Spectacle;
ce fut dans ce Temple de
l'harmonie qu'elle apprit à
connaître l'amour.

Un jeune Chinois qu'elle
diſtingua dans une Loge,
lui fit éprouver des ſentimens inconnus; c'étoit un
jeune Mandarin. Elle s'apperçut que ſa beauté avoit
fait impreſſion ſur ſon A-
mant, ſes regards avoient
toujours été fixés ſur elle:
Zélinga n'avoit pû s'empêcher de l'enviſager avec attention, elle lui trouvoit une

phifionomie diftinguée, un air tendre, mais refpec-tueux ; Zélinga vouloit lui plaire ; elle devint coquette fans y penfer.

Elle ne fit pas d'attention à tout ce qui l'environnoit. Le jeune Chinois n'apper-çut que fa Maîtreffe : la re-préfentation finit, Zélinga la trouva trop courte, elle penfa qu'elle ne verroit plus fon Amant.

Cam-hy, c'étoit le nom du Mandarin, courut à la Loge de Zélinga, il eut le bonheur de faciliter fon paf-fage, il lui donna la main

pour defcendre. Zélinga fut
fenfible à fa politeffe , elle
le fut bien davantage à l'a-
mour qu'elle crut apperce-
voir dans fes yeux.

Le Char de Cam - hy s'a-
vança, celui de Zélinga é-
toit éloigné , il la pria de
monter, & lui demanda la
permiffion de la conduire à
fon Palais. Zélinga balan-
çoit : deux Dames qui l'a-
voient accompagnée , la dé-
terminérent en faveur de
Cam - hy. Il falloit attendre longtems, avant que le
Char de Zélinga pût avan-
cer, un orage qui fembloit

s'approcher, acheva de la déterminer.

Le Ciel me favorife, Madame, lui dit le jeune Chinois d'une voix affez baffe, pour ne pas être entendu; le hazard m'avoit conduit à l'Opéra, j'ai été affez heureux pour vous voir, pour vous admirer; mais ce bonheur peut m'être fatal, il peut répandre fur mes jours l'amertume & la douleur. Ma témérité va vous furprendre; je n'ai pû vous voir fans vous aimer : j'ai des Rivaux fans doute, tout l'univers vous doit fes hom-

mages. Peut-être votre cœur
eft déja décidé , j'ai peut-
être un Rival d'autant plus
à craindre, qu'il a fçû vous
plaire. Que je ferois malheureux , fi mes conjectures
étoient fondées ! Pourquoi
n'ai-je pas eu plutôt le bonheur de vous connaître ?
Pourquoi m'a - t - il été im-
poffible de conferver toujours mon indifférence ?

Zélinga étoit fi troublée,
qu'elle lui laiffa finir fa dé-
claration. Elle ne s'apperçut
qu'il falloit lui répondre,
qu'alors qu'il ceffa de parler.
Je ne fuis pas furprife, lui

dit-elle, de ce que je viens
d'entendre, il eſt naturel
aux hommes de parler d'a-
mour, & de louer indiffé-
remment toutes les femmes;
vous vous conformez à l'u-
ſage, & je ne dois qu'à la
politeſſe, ce que vous attri-
buez à l'amour.

Ah! Madame, interrom-
pit Cam-hy, je vois trop
que mes ſoupçons étoient
juſtes. Si votre cœur n'étoit
pas prévenu, vous auriez
connu dans mes yeux la réa-
lité de mes ſentimens. Le
véritable amour eſt facile à
diſtinguer. Je n'ai vû que

vous au Spectacle, & je vous
ai trop vûë pour ma tranqui-
lité ; votre image ne s'effa-
cera jamais dans mon cœur,
elle fera mon bonheur &
mon tourment. Ah ! Je ne
vois que trop que vous ferez
toujours infenfible.

Voilà un amour bien pré-
cipité, lui répondit Zélinga, peut-on s'affûrer fur un
fentiment fi rapide ?

Pouvez-vous en douter,
fans être injufte, lui répondit Cam-hy, ne fuffit-il pas
de vous avoir vûë pour vous
adorer ? Vous ne pouvez inf-
pirer que des paffions rapi-

des, il n'eſt pas poſſible d'ê-
tre inconſtant, dès qu'on a
joui du bonheur de vous
voir, & de vous entendre.
Un mérite vulgaire peut
inſpirer l'inconſtance, mais
quel objet pourroit-on vous
préférer ?

Je vous plains, lui répondit Zélinga, l'amour eſt toujours accompagné d'inquiétudes, & j'avoue que je commence à l'éprouver. J'avois
toujours conſervé ma tran-
quilité, je ſens que je vais
la perdre. Si vos feux ſont
conſtans, vous pouvez tout
eſpérer, vous n'aurez point

de Rivaux à craindre, eſpé-
rez tout, ſi vous êtes vertueux. Je ne vous cache
point que mon cœur com-
mence à partager vos ſentimens : une femme moins
ſincére vous eût fait bien attendre un pareil aveu ; elle
eût rougi, du moins en ap-
parence ; mais doit-on rougir d'un véritable amour ?

Cam - hy étoit ſi tranſ-
porté, qu'il alloit ſe préci-
piter aux genoux de Zélinga ; mais le reſpect l'empor-
ta ſur la vivacité de ſa reconnaiſſance. Je ſuis trop
heureux, lui dit-il, je trouve

enfin ce que j'avois toujours désiré , une femme tendre & vertueuse. Ah! belle Zélinga , que mes foupçons étoient injuftes ! Votre fincérité augmente encore mon amour ; mais nous approchons de votre Palais, pourrai-je avoir le bonheur de vous voir encore?

N'en doutez pas , lui répondit-elle, je dépends d'une mére qui m'aime , & qui ne contraindra jamais mes fentimens : trouvez-vous demain à la Comédie , je vous apprendrai les moyens de faire approuver votre amour.

Zélinga defcendit , les
adieux furent touchans , on
eut peine à fe féparer , Cam-
hy protefta que les momens
alloient lui paraître des fié-
cles, Zélinga rentra dans fon
Palais.

CHAPITRE III.

La Comédie.

JE m'écarte un moment
de l'hiftoire de Zélinga,
pour donner une idée de
la Comédie Chinoife. On
me paffera ces digreffions,
c'eft l'ufage ; Peut-on faire
une

une hiftoire fans épifodes?

Cette digreffion ne fera
point inutile, on aime à connaître les Modes étrange-
res; rien n'eft plus naturel.
Un Citoyen du monde doit
connaître fes Compatriotes.

La Comédie eft un Spec-
tacle où l'on repréfente les
actions des grands Hommes.
On y repréfente auffi les ri-
ficules de la bonne & de la
mauvaife compagnie, des
Bourgeois, des Financiers,
des Magiftrats, des Méde-
cins, enfin de tous les états
où l'on diftingue des vertus
& des vices. Le premier

D

genre attendrit , le fecond
fait rire. Le fujet du premier
doit être tragique, celui du
fecond doit être comique.

On appelle Comédiens ,
ceux qui récitent fur le Theâ-
tre, les bons ou les mauvais
Ouvrages des Auteurs tra-
giques , & comiques. Ce
font eux qui les font valoir
ou qui les font tomber , qui
décident des Pieces qu'on
leur préfente avant le Public , qui les acceptent ou
qui les refufent.

Il faut qu'un Comédien
ait de l'efprit, de la mémoire & du jugement. De l'ef-

prit pour animer fa déclamation , pour y mettre le fentiment néceffaire , pour faire fentir les beaux endroits d'un Ouvrage , pour diffimuler, adroitement, fes défauts, pour féduire, pour exprimer les paffions ; enfin, pour fe diftinguer dans fon état. De la mémoire, pour apprendre & pour retenir ce qu'on doit repréfenter. Du jugement , pour prononcer fur les Ouvrages qu'on lui préfente. Rien n'eft plus rare à Pékin qu'un bon Acteur. On en voit encore un petit nombre qui fe diftingue ;

mais on regrette toujours leurs prédécesseurs, & je crois qu'on les regrettera longtems.

Ce qu'il y a de singulier, c'est qu'on méprise les Comédiens, on attache une idée d'infamie à leur profession. C'est un vieux préjugé qui subsiste à la Chine, il n'y a que les honnêtes gens qui les estiment.

Un état qui exige les talens & les dispositions les plus rares, est un état respectable. Un art fondé sur l'esprit & le jugement, est préférable à tous les arts mé-

taniques. Il faut des talens
pour être Comédien , il ne
faut qu'une certaine habitude
pour calculer, pour travail-
ler dans un Bureau , &c.

Ce qu'il y a d'étonnant ,
c'eſt qu'on a vû des Comédiens s'attirer l'admiration
par leurs Ouvrages, on les
reſpecte , on les regarde à
la Chine comme des grands
hommes , on leur éleve des
Statuës, on avouë que la poſ-
térité leur ſera redevable ,
leurs Ecrits ſont entre les
mains des Lettrés & des
Mandarins, on les admire,
& l'on eſt injuſte pour ceux

qui voudroient les imiter; le préjugé subsiste toujours.

On n'oubliera jamais à Pékin le célébre *Elemori* ; mais on n'a point d'égard pour ses successeurs ; ceux même qui les estiment rougiroient d'être Comédiens.

Les Bonzes prêchent contre les Acteurs, & c'est chez eux qu'ils viennent apprendre à prêcher. C'est à la Comédie qu'ils apprennent l'art de déclamer, d'animer la parole par le geste, & de séduire pathétiquement.

Le Peuple les regarde comme des Infideles, on

ne leur éleve pas des Tom-
beaux, on leur ferme l'en-
trée des Temples, & les au-
mônes des Fideles font af-
fignées fur leurs revenus,
une partie de la recette des
Spectacles eft diftribuée aux
Bonzes, leurs biens font fon-
dés fur les talens des Comédiens qu'ils perfécutent : ils
prêchent contre la Comé-
die ; mais ils en reçoivent
l'argent, ils feroient au défefpoir qu'on la fupprimât.

On les applaudit, l'Em-
pereur de la Chine les foutient, les Mandarins les reçoivent dans leurs Palais, on

est Comédien avec eux, on joüe des Comedies dans les maifons les plus refpectables, on inftruit la jeuneffe à déclamer fur des Theâtres; c'eft une partie de l'éducation, & les Comédiens font deshonorés. On deshériteroit un Citoyen qui auroit époufé une Comédienne, on le regarderoit comme un infâme.

Il y a une Semaine confacrée à l'édification, tous les Temples font ouverts, tous les Chinois font profternés. La Coquette craint de paraître en public avec

du Rouge , le Gaze eft éten-
duë fur la volupté.

C'eft alors qu'on défend
la Comédie ; mais on permet
d'autres divertiffemens. La
licence y régne , la pudeur
en eft bannie , on ne peut
affifter à ces Spectacles fans
rougir ; mais ils font permis ;
ç'en eft affez pour étouffer
les fcrupules. La Comédie eft
l'école de la vertu , tout le
monde en convient ; mais
elle eft defenduë par les
Théologiens ; c'eft une chofe
horrible ; c'eft une abomina-
tion.

On eft étonné de ces contradictions monſtrueuſes , il faut que les Chinois ſoient des extravagans , dira quelqu'un qui lira cet Ouvrage ; l'obſervation ſeroit plaiſante.

Que diroit-on , ſi je découvrois tous les préjugés qu'on reſpecte à la Chine ? On verroit des Docteurs diſputer avec indécence , ſur la définition d'une vérité qu'ils n'ont jamais entendue. On verroit des Chinois décider qu'on doit exterminer tous ceux qui ne croyent pas à leurs diſcours , que le meurtre eſt une bonne

action, quand il est sancti-
fié par un zéle ardent pour
ceux qu'on assassine. On en
verroit d'autres persécuter a-
vec dévotion, ceux qui n'auroient pas pratiqué certai-
nes cérémonies, ceux qui
voudroient approfondir, ce
qu'on prétend leur persua-
der, ceux qui ne voudroient
pas faire une certaine im-
précation contre un Auteur,
dont ils n'ont jamais vû les
Ouvrages, ceux qui ne croiront pas qu'on conserve encore à la Chine une des ma-
choires de Confucius, ceux
qui croiront que ce Philo-

sophe a pû se tromper , & tous ceux qui favoriseroient les opinions des Incrédules.

Quel étonnement pour un Français , qui voyageroit à la Chine ! Revenons à Zélinga.

On devoit représenter une Tragédie , intitulée *Rémissima*. Encore une digression , pour donner une idée des Tragédies Chinoises.

Remissima étoit une Reine qui joignoit la prudence au courage, elle étoit ambitieuse , elle avoit empoisonné

fonné fon mari pour régner
en liberté. Elle avoit éten-
du fon Empire par fes conquêtes , elle avoit vaincu
tous les Rois qui s'étoient
oppofés à fa puiffance, elle
avoit appuyé fon Trône fur
des fondemens inébranla-
bles. Elle fe repofa lorfqu'elle connut que fon pouvoir n'avoit plus de bornes ,
& qu'il étoit formidable à
tout l'Univers ; enfin pour
finir fon éloge , il fuffit de
dire avec l'Auteur de la Tragédie que c'étoit une Reine,

A qui les plus grands Rois fur la terre
   adorés ,

E

Même par leurs flatteurs ne font pas comparés.

Rémiſſima fit bâtir un Palais magnifique, elle fit élever un tombeau à ſon mari, qu'elle avoit empoiſonné. Ce tombeau étoit ſitué dans la Cour du Palais, en face d'un Temple conſacré aux Dieux des Caldéens. C'eſt à propos de ces édifices, que Rémiſſima dit dans la Piece :

J'ai cherché le repos dans ces grands
    monumens,
D'une ame qui ſe fuit, trompeurs
    amuſemens.

C'eſt dans la cour de ce

Palais, que l'Auteur Chinois introduit tous ses personnages : le premier Acteur qui paraît, fait remarquer toutes ces particularités au Public : cela est naturel, la décoration méritoit d'être observée ; voici comme il s'exprime :

Mes yeux n'avoient point vû ces pompeuses merveilles,

De qui la renommée étonnoit mes oreilles.

Ce Temple, ces Jardins dans les airs soutenus,

Ce Tombeau qu'éleva la veuve de Sinnus ;

Eternels monumens moins admirables qu'elle !

Voici le sujet de la Piece.

E ij

Rémiffima fe repent après quinze ans de fécurité d'avoir empoifonné fon époux *Sinnus*. Elle ne peut envifager qu'avec horreur un certain *Ruffa* , qui a été fon complice dans cet affaffinat.

Que je hais dans Ruffa, cet avantage
  affreux,
Que lui donne un forfait qui nous
  unit tous deux.

Ruffa eft un ambitieux, qui fe prévaut de la faibleffe de Rémiffima pour fe rendre redoutable, & pour parvenir à l'Empire. Pour contenter fon ambition, il voudroit époufer une certaine

Améza la niece de ce même
Sinnus, qu'il empoisonna
de concert avec Rémiſſima ;
mais par malheur pour Ruſſa, cette Améza eſt amou-
reuſe à l'excès d'un certain
Saréca, Géneral des Armées
de Rémiſſima.

Ce Saréca dans les deux
premiers Actes, eſt regardé
par Rémiſſima, comme un
vaillant Guerrier, comme un
ſujet fidéle qu'elle a fait venir à ſa Cour, pour réprimer
mer l'inſolence de Ruſſa, qui
commence à lui faire om-
brage.

Au troiſiéme Acte, elle

prend la réfolution de l'é-
poufer, elle le regarde comme un fujet capable de la défendre, & d'aſſurer ſon Empire contre les mauvais deſ-
ſeins de Ruſſa ; enfin lorſ-
qu'elle vient de le choiſir
pour ſon époux, l'ombre de
Sinnus paraît, & vient trou-
bler la Fête par ſa préſence.
Cela fait un coup de Théâtre d'autant plus ſurpre-
nant, que l'arrivée de l'ombre eſt annoncée par cinq
ou ſix coups de tonnerre,
qui font un effet merveil-
leux.

L'Ombre annonce à Saréca qu'il doit régner ; mais elle lui ordonne de se préparer à descendre dans son tombeau, pour lui offrir un sacrifice. Rémissima effrayée, demande à Sinnus la permission d'embrasser ses genoux, de descendre dans son tombeau ; mais l'Ombre lui répond en reculant d'horreur :

.... Arrête & respecte ma cendre. Quand il en sera tems, je t'y ferai descendre.

Au quatriéme Acte, il se trouve que Saréca est le fils de Sinnus & de Rémissima, qui l'avoit cru mort pendant longtems. Il est informé que

Rémiffima a empoifonné Sinnus ; la Reine craint que Saréca ne la tue pour venger fon pére ; mais il la raffure, il lui dit qu'il fçait trop bien le refpect qu'un fils doit à fa mére, qu'il ne la tuera point ; mais qu'il voudroit feulement tuer Ruffa fon complice , pour appaifer l'ombre de Sinnus : Rémiffima y confent, elle ordonne qu'on l'arrête, & qu'on l'immole à la fureur de Saréca.

Après avoir donné fes ordres , elle apprend que Ruffa eft defcendu dans le tombeau par des fouter-

rains , & qu'il attend Saréca
pour l'immoler au moment
du facrifice.

Cette mére courageufe
defcend dans la tombe pour
défendre fon fils, elle y defcend feule , & fans faire avertir Saréca qu'elle y eft def-
cendue.

Saréca qu'on a informé
du projet de Ruffa, bénit les
Dieux , en apprenant que la
victime qu'il vouloit immoler eft dans la tombe , il fe
réjouit des coups de poi-
gnard qu'il va lui porter , il
y defcend , il poignarde fa
mére, il la prend pour Ruf-

fa, il la traîne fur la pouf-
fiére, il entend fes plaintes
fans la connaître. Il fort du
tombeau ; mais il eft bien
furpris en voyant Ruffa qu'on
lui améne prifonnier, & qui
n'étoit point entré dans la
tombe. Il n'imagine pas
qu'elle eft fa victime, mais
il fort bien-tôt d'embarras
en voyant Rémiffima qui
fort du fépulchre, & qui eft
à l'agonie ; il lui demande
mille excufes de fon égarement ; il envoye Ruffa au
fupplice : Remiffima lui pardonne, le marie avec Amé-

za, & meurt entre les bras
de Saréca.

Voilà le fonds de la Tra-
gédie, elle a efluyé bien des
critiques, on en vit dix ou
douze paraître à Pékin, il
faut entrer ici dans un dé-
tail qui fera connaître plus
exactement la Piéce, & qui
montrera le ridicule ou la
vérité des Critiques. Cette
digreflion paraîtra longue;
mais ceux qui voudront la
paffer, font les maîtres, ils
n'ont qu'à fauter neuf ou dix
pages, & retourner à Zé-
linga.

Ces digreflions font connaître le génie des Auteurs Chinois, rien n'eſt plus curieux pour un Français qui veut s'inſtruire.

Au premier Acte, Saréca paraît ſur le Théâtre, il y fait apporter une caſſette qu'il a fait arriver à *Babilone*, où Rémiſſima lui a donné ordre de ſe rendre. Il demande à ſon ami *Mitrane* des nouvelles de la Reine; il admire les beaux Edifices qu'elle a fait élever, il s'imagine que Rémiſſima eſt dans la joie, du moins il ſe le perſuade, ſur ce que la renommée lui a découvert

découvert pendant ſon voyage ; mais Mitrane le déſabuſe.

Ailleurs on nous envie, ici nous gé-
    miſſons.

   .   .   .   .   .

La Renommée . . . eſt ſouvent bien
    trompeuſe,
Et peut-être avec moi bien-tôt vous
    gémirez,
Quand vous verrez de près ce que
    vous admirez.

Saréca eſt bien ſurpris, il apprend que Rémiſſima

. . . .   A ſes douleurs livrée,
Porte partout l'horreur dont elle eſt
    dévorée.

Cela l'étonne, cela excite
ſa curioſité. Il interroge Mitrane ſur ces événemens.

                  F.

Quelle eſt de ces malheurs l'origine
    imprévûe ?

Mitrane lui répond :

L'effet en eſt affreux , la cauſe eſt in-
    connue.

Cependant il lui apprend
qu'il ſoupçonne Ruſſa d'être
la cauſe de tout ce vacarme.

. . . . Ce Mmiſtre inſolent ,
Fait gémir le Palais , ſous ſon joug ac-
    cablant.

Il lui dit que les chagrins de
Rémiſſima ont commencé :

Alors qu'en ce Palais ſes yeux ont vû
    paraître
Cette jeune Améza , la niéce de mon
    maître.

Saréca répond avec indigna-
tion . . .

Améza n'a point part à ce trouble odieux ,

Un feul de fes regards appaiferoit les Dieux.

Améza d'un malheur ne peut être la caufe.

Alors Saréca fe fouvient de fa caffette , il dit à Mitrane qu'il doit la remettre au Grand-Prêtre, que *Phradate*, en expirant, lui a ordonné de l'apporter à Babilone.

Il faut remarquer que Saréca croit être le fils de ce Phradate , & qu'il vient pour exécuter fes ordres.

Il prie Mitrane de vouloir bien le préfenter au Grand-Prêtre, il efpere que ce Pontife voudra bien l'introduire au Palais de Rémiſſima, mais Mitrane le déſabuſe encore, il lui apprend que le Pontife n'eſt plus occupé qu'à chanter des Cantiques, & qu'il n'approche plus de Rémiſſima.

Rarement il l'approche, obſcur & ſolitaire,

Renfermé dans les ſoins de ſon ſaint miniſtére,

Sans vaine ambition, ſans brigue, ſans détour,

On le voit dans ſon Temple, & jamais à la Cour.

Il n'a pas affecté l'orgueil du rang ſuprême,

Ni placé ſa Thiare auprès du Diadéme.

Moins il veut être grand, plus il eſt révéré.

Ces Vers n'ont pas fait de plaifir aux Pontifes des Chinois, ils les ont pris pour une épigramme.

Cependant Mitrane s'engage d'aller avertir le Grand-Prêtre, & prie Saréca d'attendre qu'il ait fait fa commiffion, il lui dit :

Vous allez lui parler, non loin de fa
    demeure,
Avant qu'un jour plus grand vienne
    éclairer vos yeux.

On n'a pas trop compris ce que vouloit dire Mitrane, avec ce grand jour.

Saréca cherche à comprendre pourquoi Phradate

l'envoye au Temple; il eſt
étonné qu'un Soldat ſoit
obligé de rendre une viſite
à un Pontife, il s'écrie dans
un tranſport aſſez ſingulier,

Quel eſt donc ce ſecret que je ne puis
comprendre ?
Au Dieu des Caldéens quel ſervice
ai-je à rendre ?
Moi, Soldat !

Pendant qu'il fait ces réflexions, il entend des cris affreux qui partent du Tom-
beau, il interroge les Manes
de Sinnus . . . . . les cris re-
doublent.

Quel eſt donc ce ſéjour qu'un Dieu
vangeur habite ?

Les cris ont redoublé . . . . . mon ame
eſt interdite.

Le Grand Prêtre arrive;
Saréca lui fait des compli-
mens de la part de Phradate; le Pontife lui demande
des nouvelles de la caſſette.

De Phradate à jamais la mémoire
m'eſt chére.
Son fils me l'eſt encor plus que vous
ne croyez.
Ces gages précieux par ſon ordre en-
voyés,
Où ſont-ils?

Saréca fait approcher la caſſette, il dit à ſes Laquais,

. . . . . Apportez ces gages précieux;
Qu'il conſerva toujours loin des pro-
fanes yeux.

Le Grand Prêtre écarte tous
ceux qui l'accompagnoient.

. . . . . . Allez, & vous Mitrane,
De ce secret mystére écartez tout
    profane.

Le Pontife ouvre la casset-
te, on y découvre le dénou-
ment, l'épée de Sinnus, son
diadême, & une Lettre ca-
chetée.

De ce même *cachet* dont lui-même
    autrefois
Transmit aux Nations l'empreinte de
    ses loix.

Il prend le sabre de Sinnus.

Ce fer qui subjugua la Perse & la Mé-
    die,
Inutile instrument contre la perfidie.

Il apprend à Saréca que Sinnus eſt mort empoiſonné. Il lui montre ſon Tombeau, il lui dit que ce Prince veut être vangé. Arſace ſe ſouvient des cris plaintifs.

Du fein de ce ſépulchre inacceſſible au monde,
D'affreux gémiſſemens ſont vers moi parvenus.

Le Pontife répond:

Ces accens de la mort ſont la voix de Sinnus.

Saréca lui demande qui ſont les aſſaſſins? Le Grand-Prêtre lui dit qu'il ne peut pas encore lui répondre, que le jour de la vangeance n'eſt pas encore arrivé.

☺ . . . . Les cruels ! dont les perfides
mains ,

Du plus juste des Rois ont privé les
humains.

Sur ce miſtére affreux, qui peut-être
vous touche ,

Le Ciel quand il lui plaît , ouvre &
ferme ma bouche.

Il eſt conſtant que ſi le
Grand Prêtre répondoit aux
queſtions de Saréca , la Piéce ſeroit finie. On ſçauroit
que Saréca eſt le fils de Rémiſſima. Il n'y auroit qu'à
lui montrer la Lettre qui eſt
au fond du coffre. C'eſt
une Lettre où Sïnnus mourant confie Sininas ſon fils à
Phradate. C'eſt une Lettre

qui l'inftruiroit de fa defti-
née, qui lui apprendroit que
Ruffa l'avoit empoifonné lui-
même, auffi bien que Sin-
nus; mais que Phradate lui
donna du contre - poifon.
Tout feroit découvert; mais
le Grand Prêtre pour ne pas
finir la Piece au premier Acte, ordonne prudemment
qu'on emporte la caffete...

. . . . . Vous Mitrane approchez,
Que ces facrés dépôts fous l'Autel
    foient cachés.

Le Grand Prêtre fe retire,
il entend venir Ruffa, il donne à entendre à Saréca, que
c'eft lui qui a empoifonné
Sinnus.

: : : : Mon Maître eft mort empoifonné,

(*dit Saréca.*) Je vois trop que Ruffa
doit être foupçonné.

Mitrane arrive. Il exhorte
Saréca pour l'engager à préfenter fes refpects à Ruffa,
Saréca s'en défend, Ruffa paraît, il marque fon étonnement.

. . . . . Saréca paraît dans Babilone;
Me trompai-je ? Qui ! Lui. Tant d'au-
dace m'étonne.

Il demande à Saréca pour-
quoi il a quitté fes Drapeaux
pour venir à la Cour ; Saréca lui répond qu'il y vient
par ordre de Rémiffima.
Ruffa

Ruſſa lui dit avec dignité,

La Reine a des bontés; mais vous,
   ſçavez-vous bien
Que ſon ordre eſt toujours confirmé
   par le mien.

Saréca répond,

Je l'ignorois, Seigneur, & j'aurois
   penſé même
Bleſſer en le croyant, l'honneur du
   diadême.

Il ajoûte qu'il ne vient que
pour demander la récom-
penſe de ſes ſervices.
   Ruſſa lui répond :

            Vous oſez davantage,
On ſçait pour Améza vos feux pré-
   ſomptueux.

Oui je l'aime, dit Saréca,
            G

je viens la demander à la
Reine. Rufla le menace de
la mort, s'il ofe en parler à
Rémiffima.

Saréca lui répond,

J'y cours de ce pas méme, & vous
m'enhardiffez ;
C'eft l'effet que fur moi fit toujours
la menace.
Quelque foit en ces lieux le droit de
votre place,
Vous n'avez pas celui d'outrager un
Soldat,
Qui fervit & la Reine & vous méme,
& l'Etat.

. . . .

Enfuite,

. . . .

Pardonnez, un Soldat eft mauvais
Courtifan,

Nourri dans la Scithie, aux plaines
  d'Arbazan,
J'ai dû servir la Cour, & non pas la
  connaître.

Ruffa entre en fureur ; mais
Rémiffima envoye ordonner
que tout le monde fe retire.
Elle veut , dit fon Confident, fe promener feule ,
dans la Cour du Palais. Tout
le monde fort ; Rémiffima
entre , elle raconte à fon
Confident, un fonge qui l'é-
pouvante. Elle dit qu'elle a
vû un Spectre , qu'elle veil-
loit, qu'elle a entendu nom-
mer Saréca, au bord de fon
lit, & qu'enfuite ce Spectre ,

Ce Ministre de mort a reparu soudain,
Tout dégoûtant de sang, & le glaive
   à la main.

Elle demande si Saréca est
arrivé.

Otéano, son Confident,
lui apprend qu'il est entré
dans son Palais, il l'excite à
vaincre ses frayeurs, il veut
la consoler par l'exemple de
Russa son Complice, qui est
tranquille, qui n'a point de
remords d'avoir empoisonné
Sinnus.

Rémissima lui répond,

Nos destins, nos devoirs étoient trop
   différens,
Plus les nœuds sont sacrés, plus les
   crimes sont grands.

J'étois épouse, hélas !

Il est assez ridicule que ce confident soit instruit des crimes de la Reine. Il faut que Rémissima soit bien imprudente, ou qu'on ait révélé sa confession.

Otéarro veut encore la rassûrer, il lui dit qu'elle a fait de trop belles actions depuis cet assassinat, pour craindre la vengeance céleste.

Les *acclamations* de ce puissant Empire,
Sont autant de témoins, dont le cri glorieux
A déposé pour vous, au Tribunal des Dieux.

La Scene finit par des plaintes ; Rémiſſima invoque ſon mari qu'elle a empoiſonné, elle ſe plaint de la mort de ſon fils Sinnus.

Mes malheureuſes mains à peine cul-
tivérent
Ce fruit de mon amour, que les Dieux
m'enlevérent.
J'avois cru que ces Dieux de mon crime offenſés,
En m'arrachant mon fils m'avoient
punie aſſez.

On ne ſçait pas pourquoi l'Auteur n'a pas changé ce dernier Vers, il écorche les oreilles. Ne valoit-il pas mieux faire dire à Rémiſſima ;

Je croyois que les Dieux de mon crime offenſés,

En m'arrachant mon fils me puniſſoient aſſez.

Cela ſeroit moins rude , & la conſtruction ſeroit plus naturelle.

Rémiſſima dit, qu'elle a nourri ſes chagrins ſans les *manifeſter*, qu'elle a craint de confier ſa crainte au Grand-Prêtre.

Je craignois de montrer à la face du Ciel,

Rémiſſima tremblante à l'aſpect d'un Mortel.

Mais elle a fait conſulter un oracle.

Et j'ai fait en secret, moins fiére ou
plus hardie,
Consulter Jupiter, aux fables de Ly-
bie,
Comme si loin de nous, le Dieu de
l'Univers,
N'eut mis la vérité, qu'au fonds de
ces déserts. (a)

On vient annoncer un
Prêtre arrivé de Memphis ;
qui apporte l'oracle. Rémis-
fima va le recevoir.

Au second Acte, Saréca
paraît avec Améza. Améza
lui fait des déclarations d'a-

(a) *Cé dernier Vers est dans Brebœuf...*
Pensez-vous qu'à ce Temple un Dieu
soit limité,
Qu'il ait dans ces Déserts caché la vérité.

mour qu'il écouté avec beaucoup d'attention.

Oui, Seigneur. .: . .
Je mets à vous aimer ma gloire & mon
    devoir.

Il la raſſûre des frayeurs que
lui cauſe Ruſſa ; il lui apprend que la Reine l'a reçu
avec des marques de conſi-
dération. Rémiſſima, dit-il,
avec modeſtie . . . . .

M'a vingt fois appellé l'appui de Ba-
    bilone

    . .   .   .   .

   .   .   .   .   .

Je la voyois franchir cet immenſe in-
    tervale
Que laiſſe entre elle & moi, la Ma-
    jeſté Royale.

Il lui dit qu'il eſt en état de
braver Ruſſa.

Améza lui répond qu'il
ne faut pas s'affûrer fur des
apparences.

Si déja de la Cour mes yeux ont quel-
    que ufage,
La Reine hait Ruffa, l'obferve, le
    ménage.
Ils fe craignent l'un l'autre, & tout
    prêt d'éclater,
Quelque intérêt fecret femble les ar-
    rêter.

Mais fouvent à la Cour, tout change
    en un moment.

Saréca continuë de la raffû-
rer. Ruffa paraît avec Cédar
fon confident, il eft furpris
que Saréca foit avec Améza.
Il continue fon perfonnage
menaçant ; mais fes mena-

ces sont toujours sans effet.

Je sçait, lui dit Saréca, qu'il est de l'intérêt d'Améza, de vous épouser, vous pouvez la défendre, vous êtes d'une naissance illustre, &c.

Mais contre tant de droits qu'il me
    faut reconnaître,
J'ose en opposer un qui les vaut tous
    peut-être.

J'ai défendu les Etats dont elle doit hériter, & j'ajoûterois que j'ai conservé ses jours.

Si j'osois comme vous me vanter de-
    vant elle.

Il sort en lui disant, qu'il ne

le regardera jamais comme
fon Maître.

Vous vous trompez du moins dans un
de vos projets.

En prenant Saréca pour un de vos
Sujets.

Il lui dit encore, en parlant
d'Améza :

Je la laiſſe à vos pieds, jugez ſi je vous
crains. (a)

C'eſt parler cavalierement.
Ruſſa offre ſa main à Améza, il lui avoue qu'il n'a
point d'amour pour elle ;
mais il lui prouve qu'il eſt
de leur intérêt commun de
ſe réunir.

(a) *Ce vers a été ſupprimé.*

Nous

Nous perdons l'Univers si nous nous divisons.

Il ajoûte , qu'il s'imagine qu'Améza ne préférera jamais

    : : : : . La race d'un Sarmate ; Au sang des demi-Dieux du Tigre & de l'Eufrate.

Il lui apprend que le Peuple murmure contre Rémissima, qu'il n'y a que lui qui puisse gouverner l'Empire ; il lui offre la Couronne.

Améza prend avec vigueur le parti de son cher Saréca ; elle lui répond que c'est à la Reine à la déterminer, qu'elle ignore en effet

H

: . . . . Si les Soldats au révolte
poussés,

De servir une femme en secret sont
lassés.

Je les vois en tremblant baisser la tête
altiére,

Ils peuvent murmurer; mais c'est dans
la poussiére.

Elle proteste qu'elle obéira
toujours à Rémissima , elle
finit en disant :

J'obéïs en silence , obéïssez vous-
même.

Russa resté seul avec son
confident fait des projets
pour usurper l'Empire; mais
il n'exécute jamais. Il fait
l'éloge de Rémissima.

Elle en voulóit, *Cedar*, à l'Empire du monde.

Elle en parut trop digne, il le faut avouer,

Je fuis dans mes fureurs, contraint à la louer.

Mais il ajoûte que cette Reine devient faible & fuperftitieufe, que fes efpérances font fondées fur fa faibleffe.

Rémiffima n'eft plus que l'ombre d'elle-même,

Je la vois de fes vœux fatiguer les Autels ;

Elle devient femblable au refte des mortels.

Ce dernier vers fait une Epigramme.

On vient lui annoncer

que Rémiſſima veut avoir
avec lui un entretien particulier. Il paraît ſurpris de ce
changement , d'autant plus
que depuis trois mois , la
Reine ſembloit éviter ſa pré-
fence.

Rémiſſima paraît, elle apprend à Ruſſa qu'elle va choi-
fir un époux , elle lui défend d'aſpirer à la poſſeſſion
d'Améza : elle lui dit que
l'Oracle qu'elle a conſulté ,
lui ordonne un mariage, que
c'eſt l'unique moyen de con-
ſerver ſon Empire. Voici
l'Oracle.

Babilone doit prendre une face nou-
velle ,

Quand d'un second hymen allumant
le flambeau,

Mére trop malheureuse, épouse trop
cruelle,

Tu calmeras Sinnus au fonds de son
Tombeau.

Elle lui fait confidence de
ses frayeurs. Ruſſa lui demande quel ſujet de crainte
elle peut avoir : Rémiſſima
lui répond,

La cendre de Sinnus repoſe en cette
enceinte,

Et vous me demandez le ſujet de ma
crainte,

Vous ?

Ruſſa répond avec beaucoup
de franchiſe :

Je vous avourai que je ſuis indigné;
H iij

Qu'on fe fouvienne encor fi Sinnus
a régné.

Il lui prouve qu'elle ne doit
pas craindre une ombre.

Les vainqueurs des vivans redoutent-
ils les morts ? (a)
Je fuis épouvanté ; mais c'eft de vos
remords.

Il lui fait un crime de fa cré-
dulité.

Pour qui ne les craint point, il n'eft
point de prodiges,
Ils font l'appas groffier des Peuples
ignorans,
L'invention du fourbe & le mépris
des Grands.

(a) *Ce vers a été changé dans les der-*
nieres Repréfentations.
D'un éternel oubli ne tirez point
les morts.

L'Auteur avoit déja donné ces deux derniers Vers dans un Poëme Epique.

Rémiffima lui répond, qu'elle va montrer fi elle eft encore digne du nom de Reine, qu'elle va fe marier, qu'il faut qu'il foufcrive à fon choix, qu'il s'y foumette aveuglément, que c'eft la plus grande marque de fon autorité que ce nouveau mariage ; elle finit par un Sermon contre les incrédules.

Je vous parais timide & faible déformais,
Connoiffez la faibleffe, elle eft dans les forfaits,

Croyez moi, les remords à vos yeux
méprisables,
Sont la seule vertu qui reste à des
coupables,

On pense à la Chine, que
les remords sont une vertu.

Et je vous apprendrai qu'on peut sans
s'avilir,
S'abaisser sous les Dieux, les craindre
& les servir.

Rémissima sort, Russa reste ; il s'imagine que cette
Reine va l'épouser ; il n'y a
que lui qui soit digne de cet
honneur, il est étonné d'un
prodige si favorable. Ce-
pendant il a des doutes, il
court après Rémissima, en
disant :

Trop de fe foins à la fois, ont paru
    l'occuper,
Et qui change aifément, eft faible ou
    veut tromper.

Au troifiéme Acte, Ré-miffima annonce à tout le monde qu'elle va époufer Saréca, elle ne cache fon fe-cret qu'au feul Ruffa ; elle l'apprend au Pontife, & ce faint Homme qui fçait qu'-elle va commettre un incef-te, ne combat pas fa réfo-lution, il ne lui apprend pas les fecrets de Saréca. Pour-quoi cela ? C'eft qu'il faloit encore deux Actes à la Pié-ce, & que le jour de la ven-

geance, c'eſt-à-dire, le dé-
noument, ne devoit point
encore arriver.

Saréca entre avec timi-
dité, il craint que la Reine
ne choiſiſſe Ruſſa pour ſon
époux. Rémiſſima lui ré-
pond :

Je vous ferai connaître,
Qu'en aucun tems Ruſſa ne ſera votre
Maître.

Saréca lui demande ſi Ruſſa
obtiendra Améza; la Reine
lui répond qu'elle ne ſouf-
frira jamais cette alliance. A
l'inſtant Améza paraît, &
comme elle alloit demander
Saréca pour ſon époux, le

Conseil s'assemble, la Reine monte sûr son Trône. Le Grand Prêtre, Rußa, les Citoyens de Babilone arrivent, le Conseil se tient dans la cour du Palais pour la commodité du Public, la Reine dit à Saréca,

Que l'appui de l'Etat se range auprès du Trône.

Rußa fait serment d'obéir au choix de la Reine, toute l'Aßemblée applaudit à son serment, le Grand Prêtre le confirme encore en disant,

Nous avons tous ici les mêmes volontés.

Rémißima commence un discours.

Vous Mages prenez place, & vous
Peuple écoutez.

Elle fait son panégyrique.

Si la terre quinze ans de ma gloire
occupée,

Révéra dans ma main le sceptre avec
l'épée,

Dans cette même main que l'usage
jaloux,

Destinoit au fuseau sous les loix d'un
époux, &c.

Voilà l'exorde. Elle annonce qu'elle va choisir un mari.

Combien à mon amour il faudra qu'il
réponde,

Je l'épouse, & pour dot, je lui donne
le monde.

Elle dit qu'elle auroit pû choisir

choisir entre des Souverains :
elle ajoûte . . . . .

Mais ceux dont les Etats entourent
    nos *confins*.

Où font mes ennemis, où font mes
    tributaires.

Mon Sceptre n'est point fait pour
    leurs mains étrangéres,

Et mes moindres Sujets font plus
    chers à mes yeux,

Que tous ces Rois vaincus par moi
    méme ou par eux.

Enfin elle fouhaite de faire
des enfans

Dignes d'un tel empire, & de vous
    gouverner.

Elle déclare qu'elle va choi-
fir un Héros,

Digne de cet hymen qui le va cou-
    ronner,

I

Et du cœur *indompté* que je vais lui
donner.

L'épithéte d'indompté me
convient guére au cœur de
Rémiffima.

Enfin elle nomme fon
vainqueur.

Ce Héros, cet époux, ce Maître eft
Saréca.

Cette fituation feroit un
coup de Théâtre, fi elle n'é-
toit pas annoncée depuis
longtems. Le Grand Prêtre
fait l'étonné, & Rémiffima
lui avoit appris qu'elle alloit
époufer Saréca.

Ruffa entre en fureur ;
mais il avoit cru trop lége-

rement que Rémiſſima le choiſiroit, il eſt dupé dans toute la Piece, il menace toujours, il n'agit jamais, il ne prend aucune précaution, il n'eſt jamais intéreſſant.

Saréca eſt au déſeſpoir; mais pourquoi n'avoit-il pas déclaré ſes ſentimens pour Améza ?

Améza croit que Saréca eſt un parjure, & cela doit lui paraître aſſez probable.

Au milieu de toutes ces ſurpriſes, l'ombre de Sinnus paraît, il prédit à Saréca qu'il doit régner.

: . . . . . . Tu régneras,

Mais il eſt des forfaits que tu dois
    expier,

Dans ma tombe à ma cendre, il faut
    ſacrifier.

Ecoute le Pontife.

Il dit à Rémiſſima, com-
me je l'ai déja obſervé, qu'il
la fera deſcendre dans ſon
Tombeau ; mais ce qui ré-
volte, c'eſt que l'ombre ne
révele point la naiſſance de
Saréca. Elle ne détourne
point Rémiſſima de l'inceſ-
te, il falloit encore une ſituation pour le quatriéme
Acte.

Ce qui révolte bien da-
vantage, c'eſt Sinnus qui

choisit son fils pour venger
sa mort, pour assassiner sa
mére. C'est Saréca qu'il pu-
nit en l'exposant aux re-
mords d'un parricide. Sinnus pouvoit se venger tout
autrement. Rien n'est plus
révoltant qu'un pére qui veut
être vengé par un crime, &
qui choisit son fils pour l'instrument de sa vengeance :
cela fait horreur.

Toute l'Assemblée se re-
tire. Russa est intimidé ; mais
il n'est pas converti.

Au quatriéme Acte, la
Lettre est enfin décachetée.
Le Grand Prêtre dit à Sa-
réca.   I iij

. . . . . . Sinnus eſt votre pére,
Vous êtes Sininas, la Reine eſt votre
  mére.

C'eſt lui expliquer bien clai-
rement ſa généalogie.

Il lui fait lire la Lettre de
Sinnus, il lui apprend que
Phradate le ſauva du poiſon
que Ruſſa lui avoit fait prendre.

Ces végétaux puiſſans qu'en Perſe on
  voît éclore,
Bienfaits nez dans ſes Champs de l'Aſ-
  tre qu'elle adore,
Par la main de Phradate avec art pré-
  parés,
Firent ſortir la mort de vos flancs déchirés.

Voilà des expreſſions bien

originales; céla peut éblouir;
mais qu'on examine avec attention.

Ce qu'il y a encore de
très - révoltant, c'eſt que le
Pontife excite Saréca à venger Sinnus, & lui donne aſſez à comprendre qu'il faut
immoler ſa mére. Il lui donne l'épée de Sinnus.

> . . . . . Dans ſon Tombeau, mon
> fils, il faut vous rendre.
> Armé du Fer ſacré *que vos mains doi-*
> *vent prendre.*

Je crois voir un pléonaſ-
me dans cette expreſſion.

Il ajoûte que Sinnus veut
du ſang, Saréca balance, le
Pontife le ranime.

Ne vous regardez plus comme un
homme ordinaire.

. . . .

. . . . . .

Mortel faible inftrument des Dieux
de vos ancêtres,

Vous n'avez pas le droit d'interroger
vos Maîtres.

A la mort échappé, malheureux Sininas,

Adorez, rendez grace, & ne murmu-
rez pas.

Voilà ce qu'on appelle la
féduction patétique ; ce font
là les argumens du Fanatif-
me.

Le Grand-Prêtre lui laiffe
la Lettre de Sinnus : il fort
en lui recommandant de fe
difpofer au Sacrifice.

Saréca eſt au déſeſpoir, Rémiſſima paraît, Saréca la regarde avec horreur. Ré-miſſima lui parle , ſa conſ-ternation augmente, elle ap-perçoit la Lettre de Sinnus ; elle veut la voir, Saréca la refuſe. Après avoir excité ſa curioſité, il ſe laiſſe vaincre, il la lui donne, en lui di-ſant . . . . .

. . . . . A chaque mot vous trouve-rez la mort.

Rémiſſima lit la Lettre , elle découvre le myſtére, elle tombe en faibleſſe dans les bras d'un Confident qui n'eſt entré ſur le Théâtre

que pour la foutenir ; elle
fort de cette fituation en
prononçant avec chaleur ,

Reconnais - moi, mon fils, frappe &
punis ta mére.

Cette Scéne eft admira-
ble. La cataftrophe dépend
de la Lettre de Sinnus, que
Saréca n'a pas cachée ; on
pourroit faire cette objec-
tion : on prévoit en voyant
cette Lettre dans les mains
de Saréca tout ce qui doit
arriver : cela diminue l'effet
de la fituation, mais cet Acte eft trop intéreffant pour
qu'on ofe en faire une critique. Il eft vrai que cette ca-

taftrophe eft toute entiére
dans une autre Tragédie (*a*)
du même Auteur.

Saréca protefte à Rémif-
fima qu'il ne la tuera point ;
j'ai déja remarqué cette cir-
conftance : l'Acte finit par
ces proteftations.

Au cinquiéme Acte , la
Reine entre avec fon Con-
dent. Elle craint que malgré
fes proméffes Saréca ne l'af-
faffine : ce fentiment n'eft
pas noble.

Son Confident la raffure ,
elle lui répond . . . . .

_____

(*a*) *Dans la reconnaiſſance d'Oedipe*
& de Jocaſte.

La crainte fuit le crime, & c'eſt ſon châtiment.

Améza paraît, elle annonce à Rémiſſima que Ruſſa eſt entré dans le Tombeau pour immoler Saréca, qu'il répand dans Babilone que c'eſt Saréca qu'on doit immoler à Sinnus. La Reine effrayée lui révele tous ſes ſecrets. Elle lui ordonne de raſſembler ſes Gardes, de les faire entrer pour leur donner ſes ordres, elle lui dit au même inſtant :

Défendez votre époux, je vais ſauver mon fils.

Les Gardes arrivent, Rémiſſima

miſſima leur ordonne d'o-
béïr à Saréca, elle leur déclare qu'elle lui a remis tout
ſon pouvoir.

: . . . . · Vous n'avez plus de Reine.

Elle leur donne des ordres
pour arrêter Ruſſa , elle les
renvoye.

Cependant comme elle
craint que Ruſſa ne ſoit déja
dans la tombe, elle y deſ-
cend en diſant à l'ombre de
Sinnus, qu'elle va défendre
Saréca. . . . .

. . . : . Mes mains qui guidoient
    des armées,
Pour défendre mon fils , pourront
    bien étre armées,

K

Améza rentre fur la Scene. On voit qu'elle n'en étoit fortie que pour ne pas être témoin de l'action de Rémiffima, dont elle auroit pû avertir Saréca.

Saréca arrive, elle veut l'empêcher de defcendre au tombeau, elle lui apprend,

Que Ruffa, ce perfide a d'un pas facrilege
Violé du Tombeau le divin privilege.

Elle craint les fureurs de Ruffa; mais Saréca s'applaudit de ce que la victime qu'il vouloit immoler eft dans la tombe. Il y defcend: il re-

vient, il annonce fa victoire
à fa chére Améza ; mais il
fent des remords, fans fça-
voir pourquoi ; il les attribuë
à la pitié

. . . . Dont la voix
Alors qu'on eft vengé, fait entendre
fes droits.

Au même inftant Ruffa
paraît enchaîné, il n'étoit
point entré dans la tombe,
il n'a jamais fçû agir dans
toute la Piece, il s'eft laiffé
arrêter, fes amis ne l'ont pas
défendu, il vient fur le Théâtre pour entendre fon arrêt.

Le Pontife entre, il dit au
Peuple en montrant Ruffa,

Peuple, de votre Roi voilà l'empoi-
fonneur.

En montrant Saréca,

Peuple, de votre Roi voilà le fuc-
ceffeur.

Il apprend à l'Affemblée
que Saréca eft le fils de Sinnus. Ruffa frémit ; Saréca
n'imagine point qu'il vient
d'affaffiner fa mére , il eft
dans une incertitude affreu-
fe ; il envoye Ruffa à la Grê-
ve.

Qu'il meure dans l'opprobre , & non
de mon épée ,
Et rendez au trépas ma victime
échappée.

Ruffa voit fortir du tom-

beau Rémiſſima mourante.
Il dit à Saréca en marchant
au ſupplice . . . . .

Va je te laiſſe encor plus à plaindre
  que moi ,
Tu ſors de ce tombeau , contemple
  ton ouvrage.

Saréca voit ſa mére , il
veut ſe poignarder ; le Pontife le déſarme. Rémiſſima
pardonne ſa mort à Sininas ,
elle s'écrie . . . . .

Quand Sinnus expira j'étois moins
  criminelle.
 . . . . . . Il eſt donc des forfaits
Que le courroux des Dieux ne pardonne jamais.

Elle adreſſe la parole à Sininas . . . . . .   K iij

Songe à tous mes remords, songe à
    Rémiſſima,

Ne hais point ſa mémoire . . . . . O
    vous tendre Améza,

O mon fils, mon cher fils ! que ma
    main vous uniſſe,

Cet hymen eſt formé ſous un horrible
    auſpice.

Je meurs . . . . . :

Le Grand-Prêtre finit la
Piece par une exhortation au
Public.

Par cet exemple apprenez tous *du
    moins.*

Ce *du moins* eſt très - bien
placé pour la rime.

Que les crimes ſecrets ont les Dieux
    pour témoins.
Plus le coupable eſt grand, plus grand
    eſt le ſupplice :

Cette conſtruction me paraît forcée.

Rois tremblez *ſur le trône*, & craignez leur juſtice.

Ajoûtez à ces remarques, celles que j'ai déja faites ſur la maniere dont Saréca tuë ſa mére, ſans la reconnaître . . . . .

Il l'a trainé deux fois *roulant* ſur la pouſſiere.

On verra qu'il y a de très-grands défauts dans cette Tragédie, & qu'elle a mérité les critiques.

Ceux qui ont critiqué l'Auteur, parce qu'il a fait deſcendre Rémiſſima au Tom-

beau fans être accompa-
gnée, n'ont pas fait attention
qu'il a prévenu dans toute fa
Piece, que cette tombe é-
toit inacceffible, même au
Grand - Prêtre , & que la
Reine n'y defcend que parce
que l'ombre lui a dit au troifiéme Acte :

Quand il en fera tems je t'y ferai defcendre.

Ce qui m'a étonné aux
repréfentations, c'eft qu'elle
defcend *feule* dans cette tombe impénétrable, & qu'elle
en fort avec un Garde qui
la foutient : c'eft bleffer la
vraifemblance.

On voit par cet exemple,
que les Auteurs Chinois
n'ont pas encore cette heu-
reuse régularité qu'on admire en France.

L'Auteur de cette Tragé-
die est le fameux *Tévora*. Il
a fait autrefois des Chef-
d'œuvres, il a mérité l'admiration de l'Univers ; mais
ses ennemis publient à Pékin qu'il devient trop vieux
pour écrire. Sa réputation
commence à tomber. Il ne
fait plus rien de compara-
ble à ses premiers Ou-
vrages. Il a fait deux mau-

vais Opéra & cette Tragé-
die dont je viens de par-
ler. On y voit encore des
clartés ; mais ce n'eſt plus
qu'un crépuſcule. S'il avoit
fait imprimer ſa Piece, j'en
aurois fait des extraits plus
conſidérables ; mais ma mémoire ne m'a pas permis
d'en retenir davantage. Si
Tévora commence à vieillir,
c'eſt une faibleſſe attachée
à l'humanité, on ne doit pas
en rougir ; mais on devroit
être aſſez prudent pour ne
plus écrire, *ſurtout en Vers*,
à un certain âge.

Après la Tragédie , c'é-

toit l'usage à Pékin de jouer
une petite Comédie ; mais
actuellement le goût est
changé, on fait très - rarement des Comédies à la
Chine , on fait seulement
des Tragédies Bourgeoises.
Ce sont des Pieces où les
Valets sont intéressans , où
les Soubrettes sont vertueu-
ses , où l'on représente un
mari infidele à sa femme,
qui se repent de son infidé-
lité, & qui retourne au *devoir*
conjugal , & cela s'appelle
Préjugé à la mode ; tantôt un
Juge qui veut faire une res-
titution à une femme qu'il

a réduite à la misere, & cela s'appelle *la Gouvernante.*
Tantôt la conversion d'un
jeune étourdi qui fait péni-
tence, & cela s'appelle *l'E-
cole de la Jeuneffe.*

On voit dans ces Ouvra-
ges beaucoup de beautés ;
mais elles font auffi dépla-
cées que des Ormeaux dans
un Parterre, ou des Tulipes
dans un potager.

On repréfenta encore
dans la même année , une
Tragédie intitulée *Siténo-
méra.*

L'Auteur étoit un jeune
Chinois appellé *Noltmerma ;*
c'étoit

c'étoit un éleve du fameux
Tévora.

Ses amis lui donnerent de
grands éloges ; on l'obligeoit
de paraître à chaque repré-
fentation pour recevoir des
applaudiffemens ; il ne man-
quoit jamais de s'y trouver,
pour contenter la curiofité
des Chinois.

Ses expreffions font har-
dies, il fait les Vers avec
facilité ; mais on prétend
que fa verfification n'eft pas
naturelle, & qu'il fe fait
honneur des penfées que
des Auteurs connus & qui
l'ont précédé, ont em-

L

ployées dans leurs Ouvrages.

Il feroit facile à un Auteur Français de verfifier en fuivant fa méthode. Il perfonifie toutes les paffions, il leur donne des bras, des poignards, des Berceaux, & c'eft ce que fes partifans applaudiffent.

Si un Auteur Français vouloit exprimer qu'il eft perfécuté par fes Rivaux, il pourroit écrire avec nobleffe,

Les *bras* de la fureur, & les *cris de l'envie*,

. . . . . . Ont attaqué ma vie.

S'il vouloit exprimer qu'il ne fe reconciliera jamais a—

véc ſes ennemis , il pourroit
ajoûter . . . . . .

Les *flambeaux* de la haine entre nous
    allumés ,
Jamais *des mains* du tems ne ſeront
    conſumés.

Si un homme vouloit ex-
primer qu'il meurt empoi-
ſonné , il diroit *qu'on lui a*
fait-manger la mort.

Si on l'avoit empoiſonné
dans un breuvage , il pourroit
dire avec énergie qu'il *a bû*
la mort dans une coupe.

Si on lui avoit donné du
contre-poiſon , il ajoûteroit

qu'on a fait fortir la mort de fes flancs déchirés.

Un Citoyen qui fe plain-droit de l'injuftice des Sé-nateurs qui l'auroient con-damné, diroit en parlant du Sénat . . . . . .

Le Temple de nos Loix eft le berceau du crime.

Un Roi perfécuté par des ingrats, verroit autour de fon Palais . . . . .

Le foupçon odieux, l'infâme trahi-fon,

Aiguifant un poignard, préparant du poifon.

C'en eft affez pour don-ner une idée des Auteurs

Chinois. Revenons à Zé-
linga.

Cam-hy attendit avec im-
patience l'inftant du Spectacle. Il paffa la nuit dans des
inquiétudes très - naturelles
aux Amans. J'en appelle à
témoins tous ceux qui ai-
ment, qui aimeront ou qui
ont aimé : j'en appelle à témoins tous les Romans qui
font imprimés & qu'on n'a
pas vendus depuis *Artaméne*
jufqu'à la *Poupée*.

Les dernieres paroles de
Zélinga fe préfentoient toujours à fon imagination ;
mais il avoit des doutes, par-

ce que c'eſt l'uſage de douter , & des ſoupçons , parce
qu'il eſt naturel d'en avoir.

Il lut avec attention deux
Opéra nouveaux ; il s'endor-
mit : rien n'eſt encore plus
naturel.

Il y a certains Ouvrages
qui ſont des remédes contre
l'inſomnie. On auroit tort
d'en défendre l'impreſſion ;
c'eſt un grand bien que le
ſommeil.

Zélinga n'eut pas moins
d'inquiétudes ; mais pour ne
pas ennuyer davantage , a-
vançons la Comédie.

J'ai déja dit qu'on devoit

repréfenter Rémiffima ; Cam-
hy arriva le premier au Spectacle : cela eft dans les ré-
gles.

Zélinga ne fe fit pas at-
tendre, elle fçavoit trop bien
les bienféances. Elle arriva
avec fa mére ; Cam - hy les
apperçut ; il leur donna la
main pour entrer dans une
Loge : il n'eft pas befoin
d'obferver qu'il accourut a-
vec précipitation, cela s'entend.

La mere de Zélinga étoit
prévenue , elle connaiffoit
la vertu de Cam-hy, elle ai-
moit fa fille, elle auroit déja

voulu donner fon confentement & terminer l'hiftoire.

Cam-hy faifoit des dé-
clarations à Zélinga ; jamais
il n'en avoit fait de fi mau-
vaifes. Un Amant eft timide
quand il voit la mere de fa
Maîtreffe ; la timidité produit l'embarras : il eft bien
difficile d'avoir de l'efprit
dans une pareille fituation.

Zélinga les trouva très-
fpirituelles & très-énergi-
ques. On eft toujours prévenu pour ce qu'on aime :
d'ailleurs les vrais Amans
fçavent toujours s'exprimer,
le cœur parle au défaut de
l'efprit.

On leva la toile ; mais nos Amans n'y firent pas d'attention. Les meilleures Tragédies les auroit ennuyés. L'Amour eſt un ſentiment qui nous occupe aſſez ; tout nous devient indifférent.

Zélinga s'apperçut qu'on pleuroit au quatriéme Acte., elle tira ſon mouchoir pour témoigner qu'elle avoit fait attention. Un autre Hiſto-rien dit qu'elle pleura ſans ſçavoir pourquoi : cela ſeroit aſſez probable.

Car qu'une femme pleure, une autre pleurera.

C'eſt un proverbe d'une Co-médie Chinoiſe.

La Piece finit, on veut sortir, Cam-hy demande à Zélinga la permiſſion de l'accompagner, Zélinga balance, la mere y conſent, on monte en caroſſe, on s'entretient, on critique la Piéce qu'on n'a pas entendue, on ſaiſit un moment pour parler d'Amour, Zélinga rougit, on arrive à ſon Palais.

Cam-hy devient moins timide, enhardi par ſa Maîtreſſe, il déclare à la mere l'amour qu'il a pour ſa fille, il tombe à ſes genoux, il décrit ſa paſſion avec tant d'éloquence que cette mere

en eſt attendrie. On prétend
même qu'elle auroit ſouhai-
té d'avoir encore un pareil
Amant, qu'elle fit des vœux
ſecrets pour devenir l'objet
des déclarations de Cam-hy.
On ajoûte qu'elle envia le
bonheur de ſa fille, que la
ſituation paſſionnée du jeune
Amant lui fit faire des mouvemens très - équivoques,
qu'on s'apperçut qu'elle rou-
giſſoit & qu'elle tomba ſur
un Sopha qui ſe rencontra par
hazard. On ajoûte que ſes
yeux s'animérent, que Zé-
linga rougit; mais ce ſont
des calomnies inventées par

les Hiſtoriens. Elle étoit trop vertueuſe , trop reſpectable pour manquer aux bienſéances.

Voilà les défauts des Hiſtoriens ; ils ſacrifient pour faire une Epigramme la vertu la plus étonnante.

Quoi, parce qu'on voit des femmes qui ſont encore amoureuſes à ſoixante ans, parce qu'il y a des meres jalouſes du mérite de leurs filles, parce qu'on en voit qui donnent des leçons à la jeuneſſe, qui s'examinent encore avec des yeux contens, & qui *convoitent* les premiers
ſoupirs

foupirs d'un jeune homme,
on doit juger toutes les femmes à la rigueur ; c'eſt une
injuſtice , & la mere de Zélinga étoit trop raiſonnable.

On ne voit que trop de
ces incrédules qui ne croyent
pas à la ſageſſe des femmes ,
qui penſent que celles qu'on
n'a jamais accuſées ſont pré-
ciſément celles qui le mé-
riteroient davantage : cela
n'eſt pas bien , c'eſt réveiller
les jaloux ; c'eſt donner des
ſoupçons aux maris complai-
ſans ; c'eſt outrager la pudeur.

La vérité de l'hiſtoire ,
M

c'eft que la mere de Zélinga
prit beaucoup de part au bonheur de fa fille, qu'elle fut
attendrie des fentimens du
jeune Mandarin, & qu'elle
lui accorda tout ce qu'il de-
mandoit, après avoir conful-
té Zélinga *pour la forme.*

Peut-être la paffion de
Cam-hy lui rappella fes an-
ciens plaifirs, elle avoit du
tempérament, elle s'ima-
gina revoir fon cher époux,
cela produifit un petit défordre : tout cela paraît affez vraifemblable. Un jeune
homme ardent, tendre, vo-
luptueux, peut flatter l'ima-

gination d'une veuve , qui n'est pas encore un pis-aller ; mais il ne faut proposer ces doutes que comme des conjectures ; il ne faut rien hazarder ; il est toujours fâcheux d'approfondir.

Cam-hy fit éclater sa reconnaissance. Zélinga ne cachoit pas son amour , elle étoit tendre & dans l'âge heureux ou l'artifice est inconnu ; elle embrassa sa mere avec transport ; je croirois même qu'elle laissa prendre à Cam-hy un baiser qui se présentoit assez naturellement. La conversation

fut agréable, le soupé déli-
cat : la nuit s'avançoit, il fal-
lut se séparer. Quelle sépara-
tion ! Quels adieux !

Le bonheur des deux
Amans ne fut différé qu'au
lendemain. Si je voulois af-
fecter de l'esprit, quelle des-
cription ne ferois-je pas de
leurs discours, de leurs sen-
timens de ces tendres adieux,
où l'amour s'exprime avec
toute sa vivacité ! cela feroit
admirable ; mais je fuis Hif-
torien, j'ignore toutes ces
circonstances ; ils étoient
heureux ; c'est tout ce qu'il
m'est permis d'avancer dans
une Histoire.

Combien voit-on d'Auteurs qui n'ont pas les mêmes fcrupules ? Si leur fujet n'eft pas fertile, ils inventent des circonftances, des fituations, des difcours qu'ils n'ont jamais entendus, & tout cela pour faire briller leur efprit. Ils appliquent leur coupable éloquence à faire l'éloge de nos faiblef-fes, à nous excufer dans nos paffions, à nous préfenter nos défauts fous les couleurs de la vertu. Notre amour-propre eft flatté dans leurs Ouvrages, ils nous trompent; mais ils nous plaifent;

nous craignons la vérité, quel est notre aveuglement? Nous rougissons de nous connaître. Peintre flatteur vous êtes payé pour faire mon portrait, supprimez ces ornemens, effacez ce coloris trompeur, vous cachez mes défauts, on ne me reconnaîtra jamais; la vérité doit conduire vos crayons, dessinez ma figure; c'est tout ce qu'on vous demande.

CHAPITRE IV.

Ah! Quel dommage!

LE sommeil de Cam-hy fut moins interrompu, il n'eut que des songes agréables, il s'applaudissoit de son bonheur ; il faut avoir été dans sa situation pour l'exprimer & pour la sentir.

Il employa tous ses soins pour paraître encore plus aimable ; il n'avoit pas besoin d'artifice.

Dès qu'il crut pouvoir paraître avec bienséance, il

courut au Palais de Zélinga.

Il la furprend à fa toilette, quel avantage ! Jamais
Zélinga ne lui avoit paru
fi belle ; dans un négligé
charmant , dont une Co-
quette auroit bien connu la
valeur, négligemment éten-
due fur un Sopha, dans un
défordre naturel , mais en-
chanteur : ah ! qu'une belle
femme eft redoutable fur un
Sopha.

Zélinga étoit feule , &
cela devient une circonf-
tance intéreffante. Cam-hy
s'arrêta longtems pour la
confidérer ; combien il fe

repentit d'avoir perdu des momens fi précieux. Il oublia qu'il étoit fait pour agir. L'admiration retient tous nos fentimens, ah ! doit-on fe contenter d'admirer ; mais c'eft un fentiment involontaire , j'en fuis d'accord , c'eft un défaut de l'humanité , nos premiers fentimens, dans une pareille fituation , font toujours trop refpectueux.

Zélinga faifoit peut-être toutes ces réflexions , elle attribuoit à la timidité ce qui n'étoit qu'une fuite d'admiration ; mais elle étoit trop

vertueuſe ; il vaut mieux
croire qu'elle n'y prit pas
garde ; d'ailleurs un ſentiment reſpectueux, peut - il
être offenſant ?

Oui , me répondroit un
petit Maître , il y a des momens où le reſpect offenſe ,
il ſeroit beau d'être reſpectueux dans une avanture ,
les femmes ſeroient au déſeſpoir , on eſt convenu que
le reſpect eſt un importun à
côté d'un Sopha.

Cam-hy n'admira pas tou-
jours , il s'avança , Zélinga
rougit , il lui baiſa ia main ,
on ne penſa point à la re-

tirer. Il ofa monter jufqu'à la gorge, on s'irrita; mais cette colere pouvoit paffer pour une permiffion; cette gorge s'élevoit & s'abaiffoit par dégrés, on eût dit qu'un amour en déterminoit les mouvemens; mais non, les amours étoient placés dans un autre fanctuaire, l'audacieux Cam-hy voulut y pénétrer. Quelle fituation pour Zélinga! être obligée de gronder fon Amant & de s'irriter par bienféance.

La pudeur eft une vertu bien incommode; elle eft toujours d'ufage, il y a des

occasions où l'on veut bien
l'oublier; mais il y en a d'autres où il faut garder les apparences.

On se console bien de
cette tyrannie. On se sert
de la résistance pour animer
les desirs d'un Amant ; la
vertu n'est souvent qu'une
courtisane voluptueuse, qui
garde un certain ménage-
ment , pour s'abandonner
ensuite à des plaisirs plus dé-
licats : une femme se dé-
fend, pour engager son A-
mant à l'attaquer avec avantage. Elle combat pour être
vaincue.

La

La réſiſtance de Zélinga n'arrêta point Cam-hy, peut-être auſſi Zélinga ſe laſſa de réſiſter. La réſiſtance n'eſt qu'un aiguillon ; mais il faut en uſer ſobrement. Zélinga ſongeoit à ſa gorge , & Cam-hi n'en étoit déja plus occu-pé. Elle employoit les pa-roles les plus tendres pour l'engager à ſe retirer ; mais ces paroles ne faiſoient qu'a-nimer ſon Amant , il ne s'oc-cupoit pas à lui répondre , ſon eloquence ſe réduiſoit à des diſcours entrecoupés qui ne ſont que trop énergiques.

Zélinga fatiguée commen-

N

çoit à se livrer au plaisir. La
nature triomphe toujours,
ses inspirations sont trop sé-
duisantes pour y résister longtems, *le plaisir* franchit toutes les barrieres, il s'échappe
au moment où l'on voudroit
l'arrêter.

Un certain coloris, une
respiration précipitée, une
langueur naturelle, un ra-
vissement inconnu, des yeux
animés par l'amour, des regards voluptueux, tout annonçoit dans Zélinga, les
progrès du sentiment. Cam-
by parcouroit avec avidité
tous ses charmes, le sacri-

fice étoit commencé, le sa-
crificateur alloit expirer sur
sa victime, l'avant-coureur
du plaisir, la douleur se fai-
soit déja sentir à Zélinga,
lorsqu'on entendit ouvrir un
cabinet. . . . C'est ma mere,
s'écria Zélinga , en faisant
un effort, pour se séparer de
son Amant. Cam-hy se re-
tira; mais avec une *exclama-
tion* qui paraîtroit assez *fin-
guliére*. Combien il regretta
les momens qu'il avoit per-
dus ! Je crois que Zélinga
les regrettoit encore davantage. Elle courut au-devant
de sa mére , & Cam-hy prit

un Roman fur fa Toilette, qu'il fit femblant d'examiner. Je ne fçais fi la mére s'apperçut du myftére ; mais elle étoit trop prudente pour faire paraître des foupçons. Ce qu'il y a de certain, c'eft qu'elle ne pouvoit avoir aucune certitude ; on ne voyoit point de *preuves démonftratives* fur le Sopha.

Zélinga déguifa fon trouble avec adreffe : les femmes ont un talent particulier pour diffimuler dans ces circonftances , c'eft un préfent de la nature.

Combien de femmes trompent leurs maris par un maintien févére, au moment où la fidélité conjugale expire, & que l'Amant vient lui livrer les derniers combats !

Un mari trompe fa femme par des careffes, au moment où la Soubrette l'attend dans l'anti-chambre; l'avantage eft égal.

Le bonheur de nos Amans ne fut pas différé. On permit à Zélinga d'achever ce qu'elle avoit commencé. Cam-hy l'adora toujours, Zélinga ne lui fut jamais infidéle : on ne voit de pareils exemples qu'à la Chine.

CHAPITRE V.

Ce qu'on pourroit faire pour embellir cette histoire.

LE beau talent que celui d'écrire ! les moindres sujets sont susceptibles des plus grands ornemens.

J'aurois pû donner un Rival à Cam-hy. Combien ce Rival auroit produit de situations, combien de reproches tendres, combien de fureurs, quels combats la jalousie auroit excités dans mon Ouvrage !

J'aurois donné une Rivale à Zélinga. Sa fœur, fa propre fœur auroit été l'inftrument de fes difgraces ; j'aurois copié les fituations de *Zaïde*, & cela pouvoit faire un tableau très-avantageux.

La mére de Zélinga n'auroit pas été favorable aux fentimens de fa fille. J'aurois fait fix volumes , avant qu'elle eût donné fon confentement. Quel intérêt dans mon hiftoire ! des priéres , des refus , des gémiffemens, du défefpoir , des rendez-vous fecrets , j'aurois tout mis en ufage, & cela feroit très-intéreffant.

Zélinga enlevée par le Rival de Cam-hy. Quel événement ! des voyages, des descriptions géographiques, des combats, des corsaires, des malheureux qui raconteroient leurs avantures ; cela feroit un nouveau volume.

On verroit *l'infortuné* Cam-hy courir après ce ravisseur *Barbare*, le découvrir, l'attaquer, l'immoler à son amour ; mais il auroit été blessé dangereusement ; les inquiétudes de Zélinga, les ordonnances du Médecin, l'impatience de Cam-hy, les avantures de sa Maîtresse, des réflexions sur l'inconf-

tanee de la fortune, tout cê-
la pourroit entrer dans mon
Ouvrage & l'augmenter con-
fidérablement.

Zélinga retourneroit à la
Chine avec fon Amant . . . .
une tempête bien décrite,
un naufrage, des rochers affreux . . . . quels objets pour
Zélinga ! Ils arriveroient
chez des Sauvages, ils s'y
feroient refpecter, ces Peuples Barbares les choifiroient
pour leurs Souverains, je
réunirois les avantures de
C . . . . . & de R . . . .
Cam - hy établiroit des châ-
timens, des récompenfes,
des cérémonies, des Spec-

tacles . . . . . ces événemens
contribueroient encore à ma
réputation ; on admireroit
ma fécondité.

Un Vaiſſeau Portugais ar-
rivé par hazard, les arrache-
roit à ces Sauvages , le Ca-
pitaine du Vaiſſeau feroit un
avanturier qui leur apprendroit l'Eſpagnol pour leur
raconter ſon hiſtoire. Ils arriveroient à Liſbonne ; mais
l'Inquiſiteur entreprendroit
de les baptiſer & de leur faire
porter des Reliques , ils ne
voudroient point renoncer
aux Idoles, on les enferme-
roit dans des priſons *obſcures* ,
enfin on les en feroit ſortir

pour les envoyer au supplice.
L'Inquisiteur leur feroit des
excuses sur les motifs chari-
tables qui l'engageroient à
les faire brûler ; mais le Roi
de Portugal , informé de
leurs avantures , deviendroit
sensible à leur constance , il
les admireroit, il écouteroit
leur histoire, il les renverroit
à la Chine.

Une seconde tempête les
conduiroit à Constantinople.
Le Sultan deviendroit amou-
reux de Zélinga , il la feroit
enfermer dans son Serrail.
Cam - hy séduiroit un des
principaux Eunuques, il en-
leveroit sa Maîtresse , ils s'em-

barqueroient sur un Vaisseau
qui les conduiroit à la Chine.
Ils se marieroient en arri-
vant, malgré le Serrail & le
Ravisseur, la virginité de Zélinga seroit incontestable ;
leur bonheur commenceroit
au trentieme & dernier volume de mon histoire.

Que seroit-ce donc, si j'a-
vois recours au pouvoir des
génies ?

Je laisse à d'autres Au-
teurs la liberté d'étendre ces
avantures : Je serai trop heureux, si le Public ne les trouve pas encore trop longues.

FIN.